KB080098

자작나무 수첩

신장련 시집

자작나무 수첩

초판 1쇄 인쇄 2021년 11월 26일
초판 1쇄 발행 2021년 12월   2일

지은이/신장련
펴낸곳/도서출판 우인북스
등록번호/385-2008-00019
등록일자/2008년 7월 13일
주소/안양시 동안구 시민대로 272, 1305호
전화/031-384-9552
팩스/031-385-9552
E-mail/bb2jj@hanmail.net

ⓒ 신장련 2021
ISBN 979-11-86563-27-4 03810
값 9,000 원

이 책은 '경기도'와 '경기문화재단'의 '2021 경기도 문학분야 원로예술인 창작활동
지원사업' 지원을 받아 제작되었습니다.

신장련 시집

자작나무 수첩

우인북스

제 2 부

제 3 부

제 4 부

제5부

제1부

나무 섬

잊혀진 바닷길
마음에만 살아 있는 항로다
세속의 시계가 멈추고
나무 시계추가 돌아야
배가 뜨기 시작하는
나무 섬

싸릿대 엮은 토방에 누워
떨어지는 별을
다 줍지 못하고
잠이 든다
혹은 비박으로
날밤을 새우고
문짝도 없는 해우소에 앉으면
근심을 씻어 가던
바다 웃음들

솟대에 걸어 둔 율무 알 염주
씨앗이 되어
율무밭이 되었겠다
다시는 갈 수 없어 그리운

꿈길에만 휑하니 열렸다가
잊혀지는 바닷길
그리워
더 멀리 있는 섬.

작은 호롱불

폭설이 내린 아침에
뉘 부르듯 행장을 차리고 나선다
차츰 묵직해 오는 발바닥
사막을 걸어 눈길을 헤쳐 설산이다
처연한 산 구릉에
팥배나무

봄꽃은 바람 불러
정념에 휘날리던 눈꽃
뭇새들 모이로
붉은 가슴 열어 살점 낭자하던 가을
여직 품은 늦사리
눈밭에 쏟았다

폭설을 기다려 흩뿌린
작은 호롱불
돌아오는 길 내내
호롱불 하나
가슴에 있어
온 산이 훈훈하다.

살구의 계절

공중 오르는 것이
살길이었다
감질나던 햇살도
잎새 살찌우는 바람도
우듬지만 살강대다 가 버리니

품속을 파고들던
풋것들이
주머니 송곳처럼 투덜거리다
이윽고
살구의 계절
공중 돌기를 멈추고
발아래
적막을 듣네

사노라면 갈채만 있을까
볼 붉은 살구
번지 점프하다.

회화나무

봄날
먼 이국으로 떠나고 싶어
백수를 두세 번은
보내고 또 맞았을
회화나무 아래 서 봅니다

떠나는 것만 호사일까
한곳에서
이리 일가를 이루거늘
첩첩 흰 눈을 껴안은 지난겨울
부러진 수족을 쳐 버리고
아문 자리에
연둣빛 하늘 물들이고 있습니다

간간이 되살아나는
통증 위로
달빛 조각들
황백색 씨오쟁이 터트려
그믐밤에도 박꽃 핀 듯 밝습니다

길어야 한 열흘

꽃눈깨비 내리는데
봄날에 갈래지던 마음
꽃비로 씻습니다

이국의 어느 곳이 이리 고울까요
잔을 들지 않아도
하르르하르르
달 비늘
얼큰 취하고 맙니다.

방하리房下里의 달

방하리의 달은
추녀 끝에 매단 등잔이더라.

기미년 오월생
막내이던 내 아버지가
시집간 누님 댁에
초동이던 방하리

농군의 진득한 잠을 허락하는
마딘 겨울밤
밝혀 놓은 등잔에
등유 잦아들고 달 저물 때
'소년은 이노易老 하고*…'
그만 책을 덮으면
봉창에 어룽대는 기척에 놀랐더라

누님은 등잔을 채워 주며
소리 없이 어둠을 거둬 가더라는
철들어 몇 번이고 곱씹어
다 낡아진 방하리 전설
고우셔라 뵌 적 없는 내 왕고모님

달 보며
아버지는 글을 빚었고
내게는 이토록 그리움을 빚나니
이 가을 아버지의 귀염 받던
방하리의 달

누가 또 불렀는지
수리산 매봉에 걸터앉아 있다.

＊ 주자의 「권학시」 첫 소절

칠석날
- 코로나19

두어 번 미루다
끝내 만나자 약속한 날이다
견우와 직녀도
서천에서 중천을 내리달려
조우하는 날

손바닥으로 하늘을 가리듯
코로나19
마스크 한 장이
가당키나 할까
얇은 천 조각에 손이 자주 간다

서둘러 돌아서는
헐거운 사랑
듣도 보도 못한 삶을 걸으며
가까운 날에
더불어 살자는 말 가슴에다 쓴다

오지 마라 말려도 듣지 않을
직녀에게
꽃무늬 마스크

비 뿌리는 저녁 하늘로
날려 보낸다.

은해사 銀海寺

은빛
바다를 찾아갑니다
숲속이 서늘해
올려다본 하늘
오히려 바다마냥
깊고도 깊습니다

삼장탱화 폭
남루한 산림을
누비다 온 삽살이
뒤숭숭한 털을 손질하다
응애를 낚는 사미沙彌*는
무아에 들고
계율은 일없이
노송老松들을 깨웁니다.

* 출가하여 10계를 받고 구족계를 받기 위하여 수행하고 있는 남자 승려.

겨울 꽃

기왓골을 껴안았던
눈꽃
처마 끝에 내려
수정처럼 빛나

밤하늘 샛별 이울어
우련
보듬은 달
고드름이 빛나다

동지冬至
저미는 밤
설익은 봄 기미에
우렛소리
겨울 꽃 지는 소리.

꽃처럼 떨어진 새

고층 건물이
층층이 하늘을 찌르고 있다
시민회관을 들어가려다
통유리 속에
하늘이 퍼렇게 잠겨 있다

안과 밖의 경계에
벽 같은 문
두 손에 체중을 실어 힘껏 밀고야
빠듯이 열리고
반사적으로 틈새 없이 닫힌다
튕겨 나온 것처럼
뒷덜미가 뻐근하다

두어 걸음
수직 유리벽 아래
붉은 산호처럼 흔들리는
멧새들의 발가락
맑은 영혼이 떠나고 있다
인간의 영역이
번개 치듯 부리를 거부하여

새털구름 떠도는 하늘과
풀 향 가득한 들판을 날아가려다
떨어진 새

어미는
벗나무 가지 휘도록
영혼을 부른다
하늘 향한 어린 발가락이
꽃처럼 붉다.

승소僧笑와 코스모스

가지산 하행 길에
철 늦은 코스모스를 만났네
짧은 머리카락도 코스모스처럼 나풀거리는
쉬 들뜨는 청춘이었네
알 수 없는 연기緣起에 빨려가듯
비포장도로를 발목이 저릴 만큼 걸었을 때,
구색도 격식도 없는 늙은 암자와 다 쓰러져 가는
요사채 곁에 흘러넘치는 석간수가
나를 유혹하고 있었네
그 수천 같은 물에 흰 국수를 채반에 건지며
낡은 암자만큼의 노스님이 손짓으로
끼니때 왔으니 국수 한 사발 걸치고 가라네
밍밍한 국물에 깨 간장이 전부
까칠한 내 입맛이 절묘하게 만나 마구 빨아들이고 있었네
늘 소찬으로 공양하는 스님들이
국수가 점심 공양으로 나오면
웃으며 반겨라 해 승소라 하는 것을
지금은 알아도 그때는 몰랐네

코스모스를 보면 나는 국수가 생각나
격식 차려 요란하게 고명을 얹어도 그 국수가 아니라

어림짐작 그 늙은 암자를 찾아갔다
대리석으로 빚은 사찰은 말고
허름한 그 암자
수천 같은 석간수도 낡은 암자도 온데간데없었다
공으로 취한 그 국수 맛
국수 만발 공양으로나 찾을 수 있을까.

호랑거미

얼핏 보면
매달려 있으나
그는 자유다
방앗대와 적벽돌을 가로지른
은빛 아트방
아랍어에 범어를 합성한 듯
'호랑거미'
문패도 척 걸어 놓은 그는

뭇시선은
아예 묵살하고
불룩 내민 음숭한 배 밑이
풍성한 자손을 실은 듯 빵빵하다
포충망 속에
유유자적
투명한 그물로
시간을 낚고 있다.

쇠똥구리

강아지풀이
붉은 속씨를 털어놓던 그 하늘 아래
굴렁쇠 굴리는 소년처럼
경단 하나 굴리고
동굴로 들어간 쇠똥구리
검붉은 힘줄이 불거지던 무쇠 다리
해찰스러운 노동을
뒤늦게 그립다 하네

천년 벽화 속을 뒤적이다 곤충도감에나
빛나는 투구
녹슬어 가는 워낭을 흔들어
워—어, 불러 보다
새삼 허물어져 가는 우사에
불 댕기고
네가 잘 빚던 경단의 순도를 높이려
무쇠솥에 여물을 끓이네.

아메리칸 쑥부쟁이

벚꽃은 지고 없는
벚나무 아래
흰 무리 꽃
거친 발길 예사로 놀라는 일도 없다
먼지를 재우며
긴 속눈썹이 촉촉이 젖어

가는 허리에 덧댄
풀빛 상처는
위기가 오는 대로 부대끼다
기어이 품에 안아
살메 고운
아라리 꽃

덕포 아래뜸 솟을 기와집
재색이 소문난 예분이
대처로 시집 잘 갔다 소문났었지만
청치마 어룽져
아메리칸드림에 떠밀려 갔던
예분이 아닌지
무릎 굽혀 물어보네.

탈의 脱衣

틈이 나면
새처럼 날아가던
문경새재
터만 남은 주막에
큰 으아리 꽃
노란 수술이 툭 터질 때
무슨 말, 뭣이라?

난蘭을 치는 밤
촛불 하나 꺼지는 찰나
먹빛 바다에
자맥질하는 새 한 마리

파르라니 무명초 밀어
달 같은
비구니 혜능

고맙다
그대로 하여
허공을, 참 나를 보다.

그래도 늘 귀촌이 그립다

벗이 살고 있는 청양을
내 늘그막을 보낼 곳으로 낙점하고
풀 방구리 쥐 드나들 듯 넘본 적이 있었다
동장군과 버그며
기어이 촉을 틔우는 풋마늘이,
투명한 얼음 밑에 오글오글 모여 사는
돌미나리가 질긴 생명력을 도지게 했는지
다 쓰러져 가는 농가를
간 크게 사겠다고 덤볐는데

두어 시간 찻길에 파김치 되어 돌아온 날
곰곰 귀촌의 실체가 드러나다
기세등등한 장닭의 거드름 피우는 붉은 벼슬을
무슨 수로 꺾나 또 그 좋다는 유정란 말이다
옴팍 품고 있는 알을 어찌 염치없이 훔쳐 올까
샐러드 상추라도 심어 볼 양
헤적인 흙 속에
원주민 허리라도 동강 내면
지레 나뒹굴고 말 일이다

귀농은 말고 자급자족이라도 할 양이면

닭의 모가지는 비틀지 못해도
낚싯바늘에 지렁이 정도는 꿰어야 하거늘
그 보짱이 없으니 말이다

삼거리 팽나무 정자에 앉아
공염불에 잿밥만 탐하고
팔만 사천 번뇌를 끌어안고 적멸을 꿈꾸듯
거탐만 하다
누구나 할 수 있다지만 아무나 하기 힘든 것이
귀촌이라는 경지에 도달하다

그래도 늘 귀촌이 그립다.

페넌트가 된 하늘이*

사랑도 넘치면 병이 된다
반려견 분골함을 자동차 안에 모셔 두고
1년 상을 치르던 그 남자
흉을 보던 인과를 톡톡히 받고 있다
손녀가 기르던 하늘이를 화장하며 실랑이가 벌어졌다
하늘이 이름처럼
분골도 하늘로 날려 보내라 해도,
자주 산책하던 왕송호수
그 물빛이게 뿌리라 해도 그도 저도 아니면
흙에 묻어 푸르게 뻗어가는 나무를 지켜보자 해도 막무가내
그때 문득 진지하던 그 남자의 애도가 생각나
남의 흉을 함부로 보면
되로 주고 말로 받는다는 옛말을 실감하는 것이다

납골당에 안치하고 때때로 찾아가는 건 들어 봤어도
상상도 못하는 애도의 유형에 얼마나 놀랐는지
분골을 녹여 보석처럼 페넌트를 만들어
당당히 목에 걸고 다닌다니
처음 겪는 상실감이 오죽하면 그럴까 이해하다가
이건 아니라 말리니 늙은이 취급이다
어린 마음의 상처를 이런 보상으로 유도하는 상술에

너무 어이없고 씁쓸한 하루였다

손녀의 슬픔이 무뎌지길 기다리자
시간이 흘러 그 페넌트가 부질없음을 아는 날이 오리라
'내려놓아라 내려놓아라'
조바심 안 해도 스스로 양지를 골라
묻어 주는 날이 오리라.

* 손녀가 기르던 반려견

해당화

- 고백

안섶을 지그시 눌러도
드러나는 숨

날치처럼 펄펄 뛰는 포말을
감싸 안아
알싸한 소금으로
꽃을 짓다

굽이진 먼 포구 돌아
허옇게 수염 펄럭이며
바다로 가는 이

산홋빛
열매는
아문 상처다
처연한 고백이다.

제2부

까치 눈이 푸르다

샛강이
깨어나면 이미 늦으리

성급한 농군의 헛기침도
아직인 눈밭에
까치 눈이 푸르다

문설주만 겨우 부지한
오리나무 가지 위
헐렁한 둥지에 부리 날센 아낙은
지아비의 도면을
수없이 퇴짜를 놓다

먹통을 내리고
수평을 본다
실한 가지로 들보를 올리고
펄럭이는 국사봉 깃발
풍향은 만족이다

하늘에다
제금내는 까치 눈이 푸르다.

파랑새에게

물푸레 순이 세작細雀처럼
돋아난다
애면글면 파랑새 길들이던
겨드랑이에도 순이 돋아나
어느 세월
날개 구실 할까 우려를 깨고
대명천지 날아가는
파랑새

움츠린 날개 근육이 풀린다
너의 날갯짓에
아랫녘 봉화 마을 송홧가루 터지니
여기 관모봉에
군자봉에
그렁그렁 노란 송화
폭죽처럼 퍼트려다오
파랑새야!

모과 꽃

묘목을 심고
조급해 말아야지
이슬 흩뿌린
새벽녘에
모과나무를 살핀다

정녕 꽃 시절
철 늦은 나무는
뜸 들이기가 너무 길어
허무히 보낸
여나문 해

잎만 무성하구나
지청구 들었던가
선홍 족두리
두메 각시 꽃
마지못해 피웠더냐?

여민 매무새 만삭까지
향 길어 올리는
달 같은 꽃아.

학의천 2

창포 녹은 물에
낮달이 목욕 중이다
수푸루지에 외다리로 서 있던
고니, 왜가리
아비의 맥박이 수천 년 흘러
어미의 지조 백로처럼 눈부시다

징검다리 건너오던 아이는
낮달을 보듬어 올린다
둔치를 껴안고 달리는 올방개가
새 움 짓기에 걸맞은
학의천
물속에 잠긴 아파트 창으로
아이와 입 맞춘 낮달
부끄러이 수초에 몸을 맡긴다.

신랑의 눈물

설악의 바위였고
백록에 나무이던
나하고 너
달팽이걸음으로 다가와
나란히 서기까지
우리라 부르는 한 둥지에 들기까지
지구를 몇 바퀴
돌아온 듯합니다.

산수국 한 아름
나의 신부는
든든한 들보가 되려고 걸어옵니다
분에 넘치는 덕담 속
한용운 님의 사랑 시
부케 속에 다복이 안아 봅니다

'다른 사람은
나의 홍안만을
사랑하지만
당신은 나의 백발도
사랑하는 까닭입니다'

섬진강 한 굽이
잣아올린 머릿결에도
백발이 찾아올까요?
홍안의 신랑이 축가를 부르다
들켜 버린 눈물
백발도 사랑할 맹세입니다.

겨울 아이
- 생일

수은주가 연일 하강하는
겨울의 한고비
느닷없이 바다가 보고프다

백운재에서
달무리 케이크
총총 밀초에 불 댕기는
겨울 아이
언제 적 홍안이
엷게 물들다 가고

촛불 하나
늘어나는 오늘
삼동에 몸푼
보고 싶은 내 어머니

서로를 끌어당겨
빙점을 도모하는
백운 호수에
갈대는 또 파종을 하려네

꽃차례 흔드는
갈대 끝
더 멀리 있어
그리운 바다 어머니!

반려견 쿠키

이름도 생소한 기관지 후굴이 심했다
개똥밭에 굴리며 키운 것도 아닌데
나도 쿠키도 기침을 달고 살았다

19살에 온 곳으로 돌아간 쿠키, 오래 살았다지만
같은 오장육부를 가지고 있어 돌아가는 뒷모습 보며
혈연이라는 각오가 아니고는 쉽게 인연 짓지 말아야지
함께한 19년을 반추해 본다
귀염을 주었다 하면, 양심 불량인 일도 많다
거세를 하고 와 오기 부리는지, 암캐는 얼씬도 못 오게
수절하고 광명 야산에 돌 표석 하나 남기고 갔다
곁이 허한 우리 내외
낙엽 진 산길과 눈길을 시인처럼 걷던
그리고 돌아와 뜨거운 목욕을 좋아하던
새로 사 온 작은 옷을 제 것인 줄 담박 아는 그가

여기서 보낸 한생을 따스하게 살았다 할까
털옷을 하마 벗고 산다면야
첫눈을 보며, 군고구마 조르던 쿠키를 잊는다.

자벌레

어린 항해사
팽팽하게 조여 놓은
수틀 위에 바늘이 누비듯
흔들리는 갑판 위에서
한 자 한 자
항해 일지를 쓴다

몸을 던질지언정
꿈은 던지지 말자
떡갈나무에
내려진 닻
외줄이 흔들리는 건
가 닿을 요람의 희망 겨루기

위기가 오면 활강을 시도하는
자벌레
닻을 올리고
점액을 토해 고치를 짓다.

청노루귀

우수에 내린 비는
단비라 하지
속 얼음
서리서리
녹아내리니

다시는 안 올세라
서발광대
유랑하던 해오라기
박달 가지에 다시
봄을 쪼다

갈잎에 칩거하던 노루귀
해오라기 울음에
귀 열어

엉겁결에 뜬 눈
청노루귀.

터 1
- 덕현 재개발 지구에서

긴 밀당 끝에
땅 위의 구조물들은
삭은 못이 뽑혀 땅끝으로 갔다
젖은 땅이 마를세라

순식간에 번지수를 헝클어
터 파기가 한창이다

공을 따라
몰려다니던 아이와
붉은 머리띠 어른들
흥정하던 터 값은 언제나 서운하고

부풀었던 풍선은 날아올랐다
어느 변방에서 설움을 털고 오겠지

서거나 누운 철근들
얼기설기 아귀 맞추는 망치 소리
헐거워진 틈을 조이고
젖었던 터를 굳히고 있다.

벽 속에 유언

늘 가던 대로
상승 기류에 맡긴 날개
저절로 방향을 잡아 관악산이다
수직 절리에 피어 올린
연주대
누대의 적멸이 쌓여 있다

개똥쑥 덤불에 몸은 숨겼으나
꽁지가 삐죽 나온 쑥새에게
덤으로 준 한생이
되돌아 역으로 받은 것인가
쇠진한 깃털이
새것처럼 가볍다

고층 아파트에
아주 둥지를 옮겨 왔다
한때 나약한 생명을
남획한 죄
유리벽을 등에 지고
참회할 참이다

작은 새야
유리벽 속에 독수리는
허울뿐이나
벽 속에 갇혀서도
눈빛만은 너를 위해
뜨고 있으리.

이소 移所

망루에 살고 있던
곤줄박이 새
부쩍 사과나무 교회를 들락인다

무엇을 소원하는지
기도는 건성이고
큰 별 아래
첨탑 꼭대기 둥지만 지킨다

드문드문 보이는
별 바라기 하다 날이 밝으면
낮 별 반짝이는
지붕 아래
살고 싶었던 게지

아! 아기곤줄박이
그래, 교도소 망루를 떠나왔구나
별 보고 자란 아가
별처럼 빛나라
맹모삼천
이소한 것이다.

사마귀, 왔던 길로 날아가다

제라늄 꽃잎에 사마귀가 앉아 있다
섬찟 놀라 살펴봐도 창은 닫혀 있고 어찌 들어왔을까
쫓아내기는 솔잎처럼 너무 여리다
점심때 아들네가 왔기에
자랑처럼 그 어린 방문객을 보여 주었더니 입을 모아
사마귀가 제일 싫다고 기겁을 한다

7월 장마가 태풍까지 겹쳐 한 달이나 끌었다
옥상 상추밭에 가 보았다
상추는 다 녹아 버리고 글쎄
유기 사마귀가 장성한 총각이 되어 있었다
눈이 딱 마주쳤는데
대가리를 휘젓는 모양이 꼭 인사라도 하는 것처럼 보인다
집을 만들어 주려다 방목하길 잘했다

아예 자유공원에 방목할 것을, 짝은 어찌 만나지
다음날 다시 가 보니 감쪽같이 사라졌다
그래, 마지막 인사하고 왔던 길로 날아갔다
그만하면 꽤 신사라는 생각이다.

술래

낙타 한 마리 밀거라 당기거라
사불산 단풍 길을 오르네
외로운 술래 불콰한 얼굴이
병풍바위 돌단풍보다 뜨겁다

목이 타는 것은 갈증만이 아니다
윤필암 문턱을 넘으며
부처의 행방부터 따지는
어린 술래
가을 해가 머리 위에 종종거린다

수선스런
어린 호박벌의 숟가락질 소리에
쌉쌀한 벌개미취 꽃판이
서두르지 마라 서두르지 않아도
가을은 오는 것

사방에 있다 하는
부처의 행방은 묘연하다
그를 위해 눈비 껴안았을
어느 적 암기왓장

이지러진 반쪽을 향해 아직도 방황이다

바람 빠진 풍선처럼 하산하는 길
사불산 발치에 서서 눈을 감는다
심연을 흔드는 사리 자락
길 없는 길 위에 마애불의 감은 눈
그제 실눈을 뜨다.

나는 객이다

대봉 감나무에
까치가 날아와 앉는다
창을 드르륵 열어도 놀라기는커녕
딱부리눈을 뜨고
무슨 일 있냐고 묻다가
가장이마다 작황을 살피는 것이
내 흉내를 낸다

이층 액자 속에 갇혀 있는 나에게
날개가 없다는 걸 아는지
어제는 짝을 데려와
분粉이 나고 있는 감을 어림잡아 보고
부리를 가장이에 문지르는 품이
가히 링 위에 복서다

오늘은 또
어린것을 데려와
이솝 우화를 들려주며
여우 들으라고
왁자지껄 열강 중이다

하늘 얼비치게
감이 익어라
옹기종기 법구 놀던 까치들의
감나무
그들의 고향에
나는 객이다.

고향 까마귀

안양천 둔치가 반색을 한다
설핏설핏 쇠뜨기
종아리에 휘감기고
징검다리 넘어 여뀌도
설레발이다

둔덕 밭 언저리
몸서리치시던
쇠뜨기 여뀌
이름만 들어도
도래 치실 엄마

뿌리째 매고
돌아서면
스멀스멀 돋아나던
연둣빛 찰거머리

여뀌! 분홍 꽃술아
엄마 꽁무니가 너도 그립지
고향 까마구 같다.

품앗이

호루라기 새가
소나기 피해 앉은
후박나무 가지
두들기는 죽비에
젖은 어깨 감싸 주는
후박한 손
절간엔 역시 후박나무가 산다

호르르 호르륵
풋잠 드는 어린 새

자경문 읽던
동자승도 졸음이 겨운데
수마睡魔를 쫓아
주르르 주르륵
후박나무가 대신 경을 읽는다

저 어린 승에게
못다 읽은 경전 빚을
품앗이 하나 보다.

나무에게

- 마로니에 공원에서

북녘은 단풍 들어 울렁이는데
아직 넌 청청하구나

고개 젖히고 올려다보니
전생에 규수였더냐
하늘 한 올 섬유 한 올 휘감아
서두르지 마라 귀갑을 쳤더구나

한길 건너
원통 의료기기에 들어가
허파 꽈리 섬유화
섬광을 켜고 들여다봐도
귀갑을 너처럼 칠 줄 모르는
명의 名醫
바늘 대신 메스로 절개를 들먹인다

귀갑 치느라 공들였을 마로니에
네 푸른 시절에 흥건히 눈이 젖는다

제라늄이 맥없이 웃는 정아 식당
갈비탕을 주문한다

내 안에 마로니에 물 뿌리듯
국물을 들이켠다

문득, 수령 한 오백 년
느티나무 밑동에
막걸리를 부어 주던 일 떠올라
이동 막걸리 딱 한 잔
그리운 날이다.

고불 古佛 을 기다리다
- 관악사지* 에서

팔봉을 날고 있다
운무가 상승기류에 업혀
일봉이니 이봉이니
분별없이
천지가 운해다

걸핏하면 먼지에 고뿔 앓던
한강 줄기
칭얼거리던 잔기침도
운무의 갈기에
휘감겨 잠잠하니
찰나에
화엄이다

허물어져 돌아앉은
옛터에 드니
말문을 닫은
관악사지
유구 有具 에 허리 굽혀
잃어버린 우물터
수맥을 불러 본다

어느 해 불이면
또 물이다가
토사로 굳어진 땅에
고불을 일으키는
삽날 소리

황금꽃
모감주나무
까무룩 금강주 익어 가는 가을
연좌에 오르실
고불古佛을 기다리다.

* 2003년 경기도기념물 지정.
  오랜 고증과 발굴작업 끝에 2015년 〈관악사〉 중창 불사 착수, 2021년 3월
  완공했다. 〈관악사〉는 의상대사가 창건하고 태조가 중창했던 유서 깊은
  사찰이다.

조금밥

엄마가 고쳐 주지 않고 가신 것이 하나 있다
아니 두셋도 더 있겠지

양이 차지 않아도 밥술을 놓는 일이다
늘 위가 빈 채로 출출하게 살아왔다
잠자리에 들려면 속이 쓰려 쉬 잠이 오지 않았고
어릴 때는 늦은 식사하시는 아버지 밥상 옆에 붙어 앉아
남기신 밥을 먹으며 편히 잠들었던 기억이 많다
그 시절 꽁보리밥을 주로 먹었는데
나는 편식이 심해 유독 보리밥을 싫어했다
마냥 입속에서 겉돌아 숟가락을 놓고 마는데
그때마다 엄마는 또 그 조금밥이 도졌다며 혀를 찼고
아버지의 남긴 밥은 달게 먹었다
주전부리가 흔한 지금도
아버지의 잔반이 생각나는 딱 그 시간이다.

손자 손녀랑 밥을 함께 먹을 때 유독 엄마 생각을 한다
보리밥이 아니건만 깨작거리며 먹는 모양새가 딱 누굴 닮았다
좀 많이 먹으면 좋으련만…
사전에는 '식욕이 자주 변해 양을 달리해 먹는 밥'이
조금밥이란다.

그때 엄마 마음이 이러했구나.

잠자리에 들려니 꼬르륵 배에서 소리가 나

쉬 잠이 오지 않는다

아버지! 그때 일부러 남겨 주셨지요.

시월 초열흘, 아버지 기일이 가직해서인지 속이 더 쓰려온다.

꿈길

초승달이
새초롬히 내리뜬 눈을
아예 감아 버립니다
어찌 움직이는 것이 달만이겠습니까

서운한 마음이 두 손을 모으고
부디 달만 같아라

달이 차올라
들물에 하나 되는 갯바위
장성 만큼 쌓인 적벽도 단숨에 허물어
너 이만큼
나 요만큼
벌어진 틈을 하얗게 지웁니다

제아무리 밝아도 부시지 않은
은유의 달
어찌 움직이는 것이 달이겠습니까.

제3부

환속하는 길
- 수술실에서

타히티의 바닷가
주황빛 햇살에 눈을 감았습니다

겉늙은 아이
어머니를 다 부르지 못하고
술래잡기 놀이에 술래가 되어

무궁화꽃이 피었습니다!
재빨리 돌아보니 초록의 스머프들

잠시 머물렀던 북두별
그 별을 따려고 손을 길게 뻗어도
오동 꽃만 푸르게 아름 따다

환속의 주문은 하나 둘, 하나 둘 셋
더듬더듬 숫자를 겨워 냅니다

어머니 선물 태중 별
푸른 담낭膽囊은 바다로 가고
끄는 그림자 떨치고 혼자 돌아옵니다.

한식날

강 건너
눈보라 속에 가라앉은
인연의 단애
마음엔 길이 나서
강도 울도 없건마는
얼기설기 엮인 것이
가도 오도
부르지도 못하네

북한산 나리
애잔한 나리꽃
기다림이나 전하려는
까만 씨내리
강 건너에도 봄이야 오겠지
한식날
차진 흙에 발부리 내리오.

중절모

알싸한 향을 퍼 올리면
구렁이가 슬며시 꽁무니 뺀다 하는
서광 꽃 피는 9월이다

추억도 나이 들어
새록새록 고삐가 풀리는가
바짝 다가앉아야 아린 향이 가슴에 길을 낸다

북간도 용정,
청진 나진 연길을 두루 밟아
거친 삶 올곧게 걸어오신
아버지의 중절모
뭉클뭉클 묻어 있던 아버지

곱살스러운 꽃은 앞세워 피우고
가을볕 따가울 제
쌉쌀하게 퍼 올리는 향
아련히 아버지 냄새에 녹아든다

장미와는 거리가 멀고 먼 여정
호기롭게 어울리던

아버지의
서광 꽃[*]

중절모에 풍기던 향 잊히기 전에
기억의 꽃밭
아버지 계신 곳에 향낭을 내건다.

* 천수국, 매리골드

앞집 남자

돌출 창이 허술한 그 집
벽 하나 사이하고 비둘기들은 창밖에, 나는 안쪽에 사노라
이명처럼 구구거림을 참고 살았다 이웃의 민폐도 만만찮은
줄 알았지만, 어느 날 유달리 멱따는 구구거림에 나가 보니
사다리를 놓고 알을 꺼내 팽개치는 앞집 남자
나도 비둘기와 한패거리가 되어 바장거리니 옥상에 펴 말리는
고추씨를 파먹고 똥은 꼭 자기네 집에 와서 퍼지른다는 이유다
성한 알을 살펴 둥지에 도로 넣고 이미 깨진 알을 바라보며
고소라도 하고 싶었다.

입춘이 지나고 설을 쇠었는데 한겨울보다 진한 눈이 내려
산사를 찾아 양지바른 마루에 앉아 본다
밤에 익었던 고드름이 햇볕에 반짝이다 눈물을 흘린다
한나절 흐른 눈물이 기왓골만큼의 간격에 웅덩이가 생기고
비둘기들이 날아와 부리에 머금어 가슴을 적시고
좍 날개를 펼쳐 눈물을 온몸에 끼얹는다
두 발로 모래를 헤집어 옴 속 욕조에 들 듯 자지러든다

비둘기들이 낯이 익다
절에 와서 참회할 일이 있나 보다 살아 보니 뜻 없이 저지른
죄 있어 저들도 나를 따라왔을까
이왕 왔으니 사노라 지은 죄 참회하는 날이다.

급행열차

서울로 가서
새마을호 타고 가시지요
그랬더라도 마다하셨겠지

순박한 비둘기호
허술한 플랫폼에 서서 비둘기호 기다리면
아버지와 나
몸뚱이를 휘몰아 갈 듯
득세하던 급행열차

아쉬움도
삶의 절친한 이웃이느니
바람 속에 오래 서서
야트막한 동산과 됫박만 한 역사驛숨를
눈 속에 적으시던
아버지!

보란듯 뽐내는 안양역사
긴 에스컬레이터를 오르내릴 때마다
불현듯 아버지 생각
꼭 한 번 다녀가시지요.

인연

- 손녀

아름다운 사람아
더디게 오는 네 걸음마
채근하지 않으리
먼 산처럼
듬직함을 배우리

물봉선같이
여리 달작 볼에 닿는 입술
시새워 않으리

안나푸르나!
안나푸르나!
자꾸 부르면 가까워지는
명산처럼
자꾸 부르고 싶은
사람아.

관곡지 연인

천둥 번개
먼 산에 울고
구름 걷으며 여우비가 옵니다

원두막으로
뜀박질하는 사람들
우두커니 홀로이고 싶습니다

봉오리마다 이슬이
내 눈엔 눈물이
다른 듯 닮아

마주한 연인
법열이 타올라 벙그는 연꽃
몇 생을 겉돌아, 겨우
젖은 당신의 맨발에 닿았습니다

당신의 화관 위로
무지개 드리워
중생의 연인, 그대
누가 사랑 고백을 하려나 봅니다.

축서사 석등

저만큼 돌아가다
되돌아와
낡은 석등에 불을 밝히다

모서리마다
이지러져
얇아진 천년의 더께

화사석火舍石을 이고 선
청빈한 외기둥
풍진의 흔적이
누대累代의 어머니 같아

무상의 한때
팔작지붕에 연꽃 피던 날
화창火窓에 불이 들어
오므린 돌꽃이 만개하여
흔들리는 귀꽃

탁발 떠난 스님을 기다리던
다저녁

풀섶에 무리 지던 반딧불이
석등 안에 날아와
줄지은
소신공양燒身拱養

반딧불이도
몸을 던져 불 밝혔으리
오늘
어찌 그대 홀대하랴.

행복
- 손자

네가 태어나
처음 노란 개나리가 피는구나
마른 가지에 꿈이 돋아나는 것을 너랑 지켜보고 싶었다
아기 순이 눈뜨는 은행나무 옹알이며,
얼음골 밑으로 작게 흐르는 물소리가 신호탄이 되어
햇새들의 첫 걸음을 기다리며
네 걸음도 기다렸다
아가야 너도 걸어오렴.

놀이방 문전에 서서 두 손 비비는 아가야 낯선 곳에
텀벙 뛰어드는 것을 바라지 않아 쉽게 휩쓸리기 싫어 머릿속은
또 얼마나 망설이고 힘들었을까
수빈아!
천천히 다가가는 거야 힘이 좀 들고 때로 손에
흙이 묻어도, 그 아이들도 너랑 같은 마음이라 먼저 다가가는 거야
한 발을 내딛고 어깨동무하고 천천히 그들과 어울리다 보면
차츰 재미있는 놀이가 기다려지는 날이 올 거야

몸으로 느끼고 함께 땀 흘리면서
꿈도 커지고 몸도 자라서 무슨 일이든 잘할 수 있단다
화단에 하늘 높이 오르는

미루나무 푸른 가지처럼

몸도 자라고 꿈도 커가는 걸 지켜보고 싶구나

좀 무거워 보이는 어린이집 가방을 메고

한결 씩씩하게 걸어가는

네 환한 얼굴,

오래 지켜보며 많이 행복한 하루.

으악새처럼
- 복덕행 영전에

명성산을 주름잡던
으악새처럼
시야를 어지럽히는 함박눈

연화장蓮華葬을 나와
백발이 되어라
그냥 휘휘 걸었네

몸을 비우고 돌아가는 너와
마음을 비우고 돌아오는 나

소두 한 됫박
풋사리를 위해 행군하는
고독한 이 길이
정점도 없는
평행선임을 알았네

고이 품었던 아상我相은
우주로 날아가 무엇이 될까
적멸의 성을 허물던
그 찰나

불현듯 칼날 같은 빛을 받아
부처 되면 좋으리

십자성 아래서
나약하지 않은 척
얇은 어깨 흔들어 보이더니
젖은 봉분 위로
서리서리
으악새처럼
함박눈이 쌓이네.

잉어가 울면 비가 온다

잉어가 산으로 왔다
옥잠이 떠 있는 콘크리트 못에
하늘이 내리면
살기 위한 유영인 줄 알면서
얼마간 꽃보다 잉어였다

단풍이 곱다
철철 눈이 쌓인다
그리고 황사가 더 요란한 봄을 맞으며
두어 달이 넘은 가뭄
모래톱에 올라앉은 목선처럼
노들강을 그리는 잉어

달무리가 고운 밤
은하수 흘러라
강처럼
꼬리를 세우고
공중제비를 도는 잉어들의 참회
이유도 모를
방울방울 제 눈물로
아가미를 축인다

금당에 올라
기우제 드린다
노들강에
10mm 비가 왔다, 실은
간밤에 잉어가 산화하며
뿌린 비늘이다.

앉은뱅이 은행나무

투명한 은행알이
황금빛 포행을 나서는 이 가을

등걸만 남아
이름표 내보이듯
철 늦게 촉수를 밀어 올린
두셋 은행잎
푸른 투혼이 발목을 잡는다

어느 봄 길에
무수히 떨어진 은행 꽃을 보았지
사막의 모래처럼 흐르던
불멸의 입자들
비빌 언덕만 있으면
높새바람 등에 앉아서라도
한 줄의 나이테
또렷이 그리고 싶다 하던
그 은행나무

오늘도
스물여섯 앳된 청춘이

채색하던
영혼의 집을 허물고 갔다
밑동만이 퉁그러져도
싹을 내고 마는
앉은뱅이 은행나무를 보았더라면
죽을힘을 더해
고이고이 살았으리라.

순금

당산나무 아래
어머니가 있습니다
허리띠 두른
느티나무의 고립은
푸른 별과 소통하는 길이다
소원 하나씩 쟁여서
동산을 이루고
간혹 깊은 꿈에게는
유성이 길게 입맞춤한다는

동박새
노랑할미새
모두 오라
옹송그린 배꾸리 채워 주시던
어머니의 방생
고봉이던 좁쌀밥
채곡채곡
순금이었습니다.

돌아오라 뻐꾹새야

낮아진 하늘아!
거기 뻐꾹채 피었더냐?
계단을 올라 깊은 숲으로
더 짙은 산속에 숨어들어 오지 않는 뻐꾹새도

엘리베이터 오르는 아이는 산에 오르고 싶다
집들이 높아 낮아진 산,
아슬히 전깃줄에 앉은 오색딱따구리
둥지를 달라고 자꾸 보챈다

막무가내
대숲처럼 빌딩이 우거지면
그마저 꽁꽁 숨을지도 몰라라
아득한 봄날
제 흥을 노래하는 저들을 위해
저 산모퉁이는 남겨야 하리.

아버지의 국화

국화를 심었다
얼개미로 고운 모래를 내려
꺾꽂이를 하려던 시기
꽃 놀음에 빠졌던가
대책 없는
벌국*이 피었다

동트기 전에
줄기와 잎새 사이 엇순을 따며
수형을 잡아 일으키던
아버지의 국화
어딘가
쨍과리만 하게
웃고 있겠다.

* 함부로 가지를 뻗어 마구 자란 국화

할미가 되었다

새 손을 맞는 날이다
입성도 맑은 색 거울에 묻고 물어서
굽은 길은 마다하고
님에게 가듯
정갈히 너를 맞으리
설레는 가슴 지그시 누른다

살아온 날 중
오늘 하루만이라도
날생선 육류 살생은 멀리해
나물국 소찬으로
새 손을 맞으리

내 어머니
찬물에 멱감고
동이물이 넘칠세라
담벼락 쓸어 오시던 길
생명의 순리 따라
지순한 선비 한 분이 온 날로 기억히 리.

걸음마

세 살배기 손자와
자유공원을 걸었습니다
제 아들을 걸리어
놀이터 가시던 아버지 마음도
온통 사랑이던 것을

돌떡을 해서
첫걸음으로 돌리던 그 시절
황새 다리 새 다리
언제 걷느냐
걱정하던 그 종아리가
손자의 새 다리를 지켜봅니다

분솔처럼 아름다운 꽃
자귀나무 아래로
손자와 걸어가는 이 길은
잘 닦아서 거칠 것 하나 없어도
일없이 허리가 굽어집니다

외손자를 앞에 걸리고
걸음마 지켜 주시던

아버지!
모난 돌을 쪼아 구부리던
허리춤
아련히 대물려 그립습니다.

외출

환기를 시키려 창문을 열었다
후덥지근한 공기가 확
놀란 매미가 방충망을 뚫고 나올 판
들물처럼 쏴아
그악스럽게 울음보를 터트린다

여름살이를 잘했는지
꽉 오마쥐고 있는 발가락,
몸통이며 날개가 실팍하다

땅 밑 세상에서 득도하고
이 대명천지에 익선관 떨치고 나온
외출이라니 반가운 마음에
걸맞은 짝을 만나 사랑하고
뜨겁게 이레 여드레 행복하기를
그리고 허락한 매뉴얼 따라 스스로 돌아가는…

한참 축원하는 끝에
나를 내려다본다

홍수에 떠밀리던 개미와 연緣도 기억에 없다

부모님과 삼신할머니의 합작,
아님 육도 윤회의 연으로 왔을까
내가 그러했듯
나를 내려다보는 천안天眼
문득 정수리가 뜨겁다

길거나 짧을 뿐
서로 닮은
우리 외출.

입동

봄밤 실없이 난발하던 연서
잊어버린 수취인
입동에도 대롱거리는 낙엽은 상련相聯이다

향내 폴폴 꼼짝없이 발목을 호리던
그 청순의 쪽동백
아마도 이 적막한 산을 뒤흔들었던 사향을
뿌리 깊이 갈무리는 한살이가
나무라고 쉬웠으랴

구루를 안아 본다
비탈진 흙에 수직을 고집하는 나무
낙향하는 유생들의 행렬처럼
얇은 햇살을 조금씩 나누는
상생이 청빈해서 아리다

겨울의 묵언
저들의 수행에
내 옷은 한없이 남루했네.

연주대 낙조

생의 어디쯤
너처럼

하염없이
거침없이
이별을 장엄할까

가당키나 할까마는
염치없는 꿈

가벼이
고요히.

신용카드

가볍게 떠나자
생수 한 병에 챙 넓은 모자
그리고 웰빙의 두 다리면 족하다
태백 소머리국밥집에다 내민
신용카드는 판독 불가

정암사 부처님
원행 중이신지
좌대에 연꽃 풋잠 들기 좋은 정적
알싸한 나비 향
공으로 취하려나
산중 절에는 단말기가 없다

저당잡힐 거라고는 몸뚱이뿐이라니
까닭 모를 가벼움의 설움
젖은 것을 말리는 바람만이
마구 장풍을 날리네
무료란다.

제4부

봄눈을 쓸며

하얀 공간은
어린 날 볼 붉혀도
메꾸지 못 한 답안지
다시 돌아와 설레인다

곳간을 뒤적이며
곱게 접어 둔 미안의 갈피
접힌 채 그대로
대퇴부의 어린 뼈들이
아귀를 맞추어 달리자 하고

소박한 꿈
여기 이렇게 녹슬지 않았는데
성급히 지나친 간이역
선로는 눈에 묻혀
흔적을 지운다

그냥 저절로 녹아도 좋을
삶의 무늬
봄눈을 쓸며
살아온 이대로
꽃 피고 질 일이다.

고로쇠나무

애동지를 보내고
나뭇등걸에 등을 기대면
얼음골 깊이
수맥을 짚어 가며
우렁우렁 늑골이 들썩이는
두레박 소리

허방으로 뚫어 놓은 대롱 밖으로
헌혈하는 고로쇠나무

참회게懺悔偈 암송하면
향로에 재가 눈물처럼 쌓이듯
나무도 참회할 무엇이 있어
푸른 눈도 뜨기 전에
눈물방울 쌓는가.

설국에서

겨울 끝자락인 산중에 올라
난데없이 떠나간 연인을 만났습니다
꽃비 내리는 사월은 아직도 먼데
암상궂은 산봉우린 간데없이 사라지고
사태 지는 함박눈
왜 떠났는지 따지지 않으리
왜 왔냐고 맘에도 없는 말 물어볼 것 없이
눈빛에 반하고 말아
어느 봄날이 이리 가슴 뛰었던가
마음보 헐렁한 사내처럼
하루가 온통 뜬구름입니다

하산 길은 폐쇄령이 내리고
네가 온 그 길 산봉우리 넘어
사철 별천지 설국으로 가자, 우리

무게를 버린 저 눈처럼
높이를 잃은 저 산처럼

눈에 취한 삼강주막이 저기
상남자라면 이럴 때 한잔해도 좋으리

늦바람은 부처도 못 말린다는
지금 여기는 설국입니다

눈꽃에게도 알코올 지수가 있었나 봅니다
모처럼 만취한 오늘
경칩이 코앞인데
눈꽃은 철없이 돌아와
또 한 생이 흐드러집니다.

종이학이 날아갑니다

부치지 않은
편지를
종이학으로 접었습니다

날아갈 방향을 가늠하니
막막한 항로
축축한 눈시울만
바람에 말리다 옵니다

4월부터
일삼아 접어 본 종이학
긴히 소용될 곳도 모르는 채
늦 백일홍 꽃이
다 지도록 접었습니다

가닿을
마음이나마 남아 있을지
조바심의 상상봉에 서서
가뭇없이
푸른 종이학이 날아갑니다

마음의 글씨는

결국

하얀 먹으로 썼습니다.

상 주고 싶다

평퍼짐한 뒤태가
산달이 오늘내일하지 싶은 여인
유독 옆구리 딴 살이 불거져
아들 태胎라
내심 으스대는 걸음걸이 하며

헌데
앞산만 한 만삭의 배 위에
꽃 리본이 앙증맞은
아기가 앉아
눈 맞추며 들썩거린다
흔한 유모차라도 태울 일이지
안쓰러움은 사절이다

아무렴
여인이 연약하다는 말 당치도 않아
막 상 주고 싶어진다.

백두산 노랑만병초 꽃에게

눈 녹아
천지연 명징한 쪽빛일 제
노랑만병초 꽃
만나러 가마 했지
흥남 부두에 손 놓아 버린
금순이
애달피 보고파

벼르고 벼른
6월의 천지연
살얼음도 흔적 없다 하건만
창바이 산을 에둘러 가라 하네

만병초 꽃이여
애릿한 눈물이여
바람 탓하다 운무 탓하다
애먼
그대 만남은
또 어긋나는 꽃이여.

서산 마애 삼존불

일산日傘을 펼치던
그대
어느 생에 다시 오시렵니까
건듯 청솔 바람에
사리진 옷깃 사운댈까 하여
속귀 열어 봅니다

반송 허리께 걸터앉아
어스름 지는 해 머금어
해탈 웃음
유성이 흐르는 밤
이슬 흠뻑 젖어도 좋으리

벼락바위에 혼을 불태운
불모佛母는
눈비도 뜨겁게 품었으리

백 년은 순간 천 년은 무진업無盡業이라
어미이고 자식이던
윤회의 품앗이
함박 웃음꽃 만발한 얼굴이

비에 젖을세라
일산을 펼치던 그 자리

의연히
그대 와 있을까
휘휘 돌아봅니다.

허수아비 사랑

유월이 오면
각진 팔의 힘줄이 탱탱하게 일어난다.

더께 진 슬픔을 털거나 눈물 찍어 내면 좋을
손가락을 밤 기도에 발복發福했는데
옥계 초등학교 운동회 때 쓴 반짝이 총채
내 손이 되고 기도의 보답으로
들녘에 지휘자가 되다

마파람아
너는 내 힘줄이다
황금벌판 노랑머리 참새가 날아들어
요란한 굿거리장단 심장이 펄럭인다
참새가 날아가면
내 심장은 더 뜨겁게 뛰겠지

풍성한 9월이다
논두렁에 얼긋한 금줄이 걷히고
콤바인이 나락 베까리
이삭까지 죄다 실어 가니
어깨에 내려앉는 참새

아름다운 그 눈

까만 눈동자 처음으로 본다

두 팔 다소곳 모으는 허수

삐거덕거리던 회전 근개도 조용하다

고요히 고요히

안식년 安息年에 든다.

앵무새 앵자

파랑 꽁지깃이 유려한
앵무새
윙컷을 하지 않았으나
새장 속이건 밖이건
두 해 동안 창밖을 넘보질 않았다

낯가림이 심한 그녀
눈 마주한 인연은 다 가슴에 품고
꽈리 불듯
호박씨 뱅그르르 돌려
속을 퇋아 먹던 엽렵한 앵자
그녀가 날아갔다

사랑을 배신한 앵무새는 무죄다
열린 창으로
목덜미를 찌르는 산통을 들었으리
초유의 산실을 찾아
맹그로브거나
종려나무거나
걸맞은 별을 찾아가라 앵자.

살구

살구가
도화색을 연마하는 봄날
시집간 큰누이 사흘이 멀다 하고
살굿빛 보채던 시절 있었다

아비는 할아비 되는 일 조급해
굵은 눈물 같은 살구
항아리에 숨겼다
누이 품에 안겨 줘 시새웠던 시절

푸른 잎 독이 올라
살구나무 품속은
남산만 하건만

일간지에는
아기 첫울음 기사를 올린다
독신이니 비혼이니 목소리 커진 통에
천둥이 살구는 할미나 먹을까.

동거

오랜 동거지만
우리는 애증 관계다

나는 벤저민을,
개미는 응애를 사랑한다
응애는 벤저민에서 당분을 취하고
개미는 명당자리를 잡아
응애를 업어 기른다

오르락내리락
구연산을 먹기 위한 개미의 노동력
지칠 줄 모르고 볼볼거리니
목청꿀 따는 작은 심마니

나는 응애잡이에 개미를 고용한다
개미의 행렬을 따라가면
파르스름 살이 오르는 응애
제법 물티슈에 핀셋을 애용하다가
아예 맨손잡이다

스무 해를 동거해 온

늙은 벤저민을 위해
'살생중죄'
수없이 쌓고
연신 참회게懺悔偈를 읊는다

이뿐이랴 산다는 것이
다 죄스러운 일이다.

눈 드로잉

눈 내린다
나무, 바위가 무중력이다
일상을 털어 내는 하늘 보푸라기 새는
반짝이 생물이다
봉우리 잃은 산
경계를 넘어온 바다를 그러안고
날자 날아 보자 구슬려 대고
종루에 켜켜이 쌓인
누군가의 절절했던 소망도 불러내어
천 갈래 길 있어도
그중에 한길
화선지에 내리꽂히는 하얀 생물의 비늘은
하늘 공원
소래강에 이른다
종소리도 물방울도 살아나는
숨
식어 가는 맥박을 뜨겁게
살갑게 되살리는
눈雪

꽃 피는 봄밤은

헛헛하여 붓을 던지고
뼛속까지 부푼 여름은 제풀에 눕다
고뇌의 가을을 앓은 녘에
붓도 물감도 다 버린 녘에
일탈의 날갯짓
하늘 새
눈 내린다.

덫

길섶에 메꽃이
성에 차지 않던 청춘이 있었다
여름을 재촉하는 비
메꽃이 앞서거니 뒤서거니 깨춤 추지만
코끝에 스멀거리는 흙내라든가
그칠 기미 없는 정적이 견딜 수 없어
도지던 역마살
청춘의 덫이다.
종지만 한 책상이 늘 부당했고
발아래 새파란 복병들이 밀려오는 순간
등잔 밑에 머물러 복병들의 어깨는
역시나 담쟁이처럼 발목을 덮었다
반짝이는가 싶은 삶은 어느 순간 빛을 잃는다
허술히 방일하다
대숲에 바람처럼
청춘은 이미 스치고 지나간다
이제 문득
메꽃 볼그레한 두 볼이
꽃이다 싶으면
지나간 청춘을 돌아보는 것이다.

자목련 피다

작심한 듯
진중히 봄비가 오네
비가 봄을 부추겨 오든
봄이 비를 업고 오든
시큰둥 불을 끄네

바람이 동침을 하자는지
이따금 창문이
덜컹 기척을 하네

기척을 한들
봄밤의 열정은 막무가내
여봐란듯
마술처럼
자목련 피다.

각시붓꽃

- 故 김대규 시인님께

양지 마을에서
윗마을 가신 듯
입은 옷 그대로, 이내
다가오실 듯

밤새운 인고忍苦의 이슬
한 모금
양약으로 들이켜던 우리
평촌 도서관
학자수學者樹 사이로
명산 하나 끌고 오시려니

기다림도 헛되이
마침표 잃은 시어詩語들
봉분 없는 터에
눈물이 엉기는데
노란 꽃
하얀 꽃
다 마다하고
각시붓꽃 수줍어 있더이다

생전에 그 모습
밤들이 불 밝히고
붓대 드시려
무리무리
붓꽃 나래졌습니까
선생님!

채송화

된 여름
목젖이 보이도록
웃는 너를
겨드랑이 들썩이며
화답하고 웃었다

예사로
배시시 수줍은 꽃이라
수줍기만 한 꽃이 있으랴

내 마음
진하게
빼앗아 갔다.

반효조 伴孝鳥

한로가 지나
산색은 초록을 벗고 흙빛이 짙어 간다
공중을 빙빙 도는 까마귀
어렵사리 먹이를 취했나 보다
간보겠다는 짝을 따돌리며
질겅질겅
독식하는지 멀찍이 앉아 딴청이다

무심한 척 그 밑을 다가가면
까악까악 겁을 주다
고목나무에 앉아 있을
어미를 찾아 멀어진다
으스대지 않고 비굴하지도 않은
까만 정장을 입은
산속의 신사를 보네

까악 까아악
주고받는 음색은 한결 보드랍다
어미를 지키려
어미의 잇속에 먹이를 넣어 주는 까마귀
검다고 허물 마라
속내는 백로다.

맥문동 麥門冬

산딸나무가
붉은 열매를 다 털어 버린 후
맥문동의 겨울살이
지켜보았네

폭설이
몇 번을 할퀴고 가든 말든
다람쥐가 상수리 묻어 놓은 토굴에
떡잎을 내든 말든
초록이 무슨 정절의 정점인 양
땅을 물고 있음이
사소한 것이
사소하지 않은
꿈을 주었네

겨울나기는 청보리 같고
고비 사막에 가도
모래 턱을 베고
푸른 웃음 마르지 않을
맥문동

철 이른 산딸나무가 우쭐거리면
판교 가는 교각이
쉼 없이 덜컹거리거나 말거나
고가 아래로 푸른 질주
소소한 곳에
아름다움이 사네

매연을 껴안고 쓰러지는 그녀
다시 일어설 땐
촘촘히 안섶에 품었다가
풀잎 바람
성화에 못 이기는 척
봄은 또
종종걸음이네.

미륵사지

미륵은
천년 여유로이
백련 한 송이 피우고 싶다
석등을 감도는 안개
흩어지고 모이는
사바를 굽어보려
화창火窓을 열어 둔다

육각 희미해진 어미 등 위로
한사코 오르는
새끼 거북아
잃어버린 귀부龜趺는
찾아 무엇하리

비어 있어
사유의 꽃도
월악의 바람도 앉았다 가리.

제5부

할미꽃

온기를 찾아
언 발을 녹이던 수리봉
바람꽃이
살 오르는 기척에
할미의 너스레가 돋아난다

명주 한 필
여한 없이 풀었어라
잎 내고 꽃 피면
꽃 지우는 바람아
너를 탓해 무엇하리
떡잎에다 겸양을 빌었더라

신행을 나온
명주나비
쓰개치마 드리운 채
고개 숙인
할미꽃을 보네.

어머니의 새벽길

동짓달
한 김 오르는 떡시루와
까르막길
잠뱅이 다 젖던
어머니의
새벽길

팽나무 가지
호야등처럼 걸린 달을
쓰다듬어
푸르러

주저리
엮인 소원지, 길조처럼
나부끼다
어머니의 기도는
동편 하늘가
붉새로
날더라.

그리움

정치망에 걸린 도치가
뭍에 한잠 자면
바닷물이 넘쳐흐르는 것이나

짙푸른 비금도 섬초
연륙교 건너와 사나흘 자고
기적 없이 눈물 흘리는 것이나

한때 꽃이던 나와
연화계로 돌아간 어머니

눈물은 다
그리움의 결정인 것을.

해인 海印 의 길

거북이 목을 늘이고
마라톤 출발점에서
호루라기 소리를 기다립니다

청명에 눈 뜬
삼 천의 개개비
호루라기 소리 싸잡아
날아가고

입속에 익혀 둔 산호섬 가는 길
다급함에 더듬더듬
올리는 기도
비단풀 손짓이 천수天手입니다

풀어놓은 촉수마다
호루라기 소리
작은 죽비 소리

귀 열어
죽비 소리 따라가는
해인의 길
맑은 유영의 시작입니다.

물망초
- 초인종 의인義人

어머님께 드리고 싶은 내 소원,
성우가 되고 싶었던 소원 하나는 이루었습니다
희망 목록에 아직 남은 꿈이 있어도
하나로 족합니다
딴은 초인종을 누를 때마다
난이도 높은 화산火山을 넘고
넘어 도달한 피안에 있으니
다 이룬 것이기도 합니다

목청껏 이름을 불러
화택에서 뛰어나오는 인연과
어머니께 달려가고 싶었던 저의 두 갈래 마음
결국 신음하며 타 죽을 저들을 두고
차마 혼자 살고자 뛰기가 부끄러웠습니다

한 번의 초인종은
한 생명의 부활!
성우가 되려고
다듬어 온 목소리가 꼭 필요한 곳은 여기
다른 사람도 똑같이 그랬을 겁니다. 다만
어머니 눈물 대신 웃음을 드리지 못해

불효한 자식
무릎 꿇어 사죄 올립니다

이 몸 벗어버린
9월이 돌아오면
선운사 꽃무릇이 피고
불꽃 타오르는 길 꽃길인 양 달려왔으니
한적한 곳에
서늘한 꽃, 물망초가 되고 싶습니다
나를 잊지 마세요
어머니!

송화 엘레지

바람아
수리산 태을봉에
굴참나무 너도밤나무
어우르기 전에
송홧가루 날리자

365일
바늘 세워 살았거늘
여나문 날은
노랗게 꽃이 되어
몽환의 천지에
꽃으로 살자.

해바라기

산 같던 아버지
아기로 변해 있던
그 무렵, 겨울 산을 뵈러 갔다
먼길 달려갔어도 뒷일을 감당 못해
동생 금이가
고의춤을 붙잡고 실랑이를 벌인다.

'조선 천지간에
예끼 고얀 눔!'
딸 엉덩이를 후려친다
'아이고 우리 아부지
아직도 정정하셔서 고맙습니다'

둘째 딸이
엉덩이를 맞고도
해바라기처럼 웃는 흑백 사진

세월을 거스를 수 있다면
젖은 속옷 시원히 수발드리고
개운하게
해바라기 되고 싶다.

홀씨야 날아라

- 세아

민들레
노랑 웃음 터지는 날
우리 세아가
어린이집 처음 가는 날
아침해도 같이 가자
분홍신 코끝에 앉아 조른다
애민들레야
너도 가자

낯선 친구들
이름 자꾸 불러서
아주 친해지면
시무룩 엎드린 민들레
노랑 꽃바퀴는
다 어디로 굴러가고
하얀 수염만 보송보송

대궁이 꺾어서
볼이 터져라
후-우 후-우
세아 두 볼은 빨간 풍선이다

들판을 향해 달려라
하늘 멀리멀리
세아 얼굴이 꽃빛이다

홀씨야!
우리는 어디서 다시 만날까
이 넓은 지구
동그란 지구
날아서 다시 돌아와
함께 또 만나자.

자화상

문살이
골을 세워 막아도
꽃 빛 이랑은
고스란히 품에 든다

모로 고쳐 누워
멀어진 잠이나 들었으면
이물 없이 고운 목련꽃 향
노곤한 잠의 문턱에

나도 잃어버린 나를 부르는 이
뜰에 내리니
달빛 어지러이 흔들어
황망히 떨어지는
새벽이슬

길이야
이리저리 헤매다
되짚어 오기도 하려니
한 번 가서는
못 오는 사람 있겠지

멈추고 싶어도
멈출 수 없이 내리달려
소실점도 지워진
거기 낯선
자화상.

자작나무 수첩 1

숲만 보고 걸었던 내 젊음 속에 너는
초록을 으스대는 서른 즈음의 한량이었어
틈틈이 난발하던
푸른 휘파람도 기억해

너를 다시 보기 시작한 건
눈 쌓인 어느 겨울 관악산
계곡에 버티고 누운 바위는 눈에 다 묻히고
느닷없이 하얀 자작나무가 우뚝
나를 향해 반색하고
묵직한 배낭을 받아주었지

푸른 숲만 기웃거리며
땀방울 쏟는 나에게
탐욕을 버리라는 말을 네 몸에서 읽고
봄에서 겨울 내
너의 시선을 끌려고
실없이 배낭을 꾸리기도 풀기도 했지

봄의 자작나무를 사랑하지만
헐벗은 자작을 더 많이 사랑해

백석 시인도 겨울 자작나무를 사랑했을까
'밤이면 캥캥 여우가 우는 산山도 자작나무다.' 라고

장마 틈에 나온 햇살 사이로
자작한 잎새 나비로 반짝이던 초록은 짧았고
첫서리에
하얗게 이별하는 잎새들
날개를 그만 접어 검붉은 흙으로 회향하는

담백한 시 한 모금

관악산 고샅길을 사유하며 걸어가는
구도의 걸망에 그냥 묵묵히
눈바람 전신을 핥길 때 묵묵히 서 있어
삶의 여정에 위로가 되는
그 부신 흰빛 자작무늬
고맙다, 네 묵언
내가 사람으로 살게 했으니.

자작나무 수첩 2

자작나무가
떡잎이 태동도 하기 전
낙락 벼락에
정으로 새긴 시편
처음은 참꽃보다 획이 붉었다

무수히 날려 보낸
바람의 탁본
자작나무 나이테는 담아 있으리

정수리 위로
해오라기 울음 우는 케이블카
사시나무 떨듯이 나무를 흔든다

내린천의 물빛은
노을빛이라 노래한
시선詩仙은 다 어디 갔나
연주대 화음은 그대로인데
계곡 바람이
잠시도 애무를 멈추지 않는다

단하시경丹霞詩境*이라

그 붉은 가슴

옛 묵객은 신선이 되어

자작나무 은사로 빛날 때마다

한 켜씩

바위글 엷어진다.

---

* 시흥을 불러일으키는 자하동의 빼어난 경치를 뜻한다.
  추사 김정희의 글씨와 유사한 필체로 평가되며 과천시 향토유적(제6호)으
  로 지정되어 있음.

흉상 1

누가
빗줄기 속에 주저앉아 있다
버릇인 듯 타인의 시선과는 무관한
월요일의 정오

흉부를 일으켜
청재킷에 젖어 버린 팔뚝을 꿰리라
반쯤 지하에 심어 둔 하반신을
엉거주춤 건지리라
정지되었던 관절이 뚜두둑
보도블록을 털고
잠시 결별한 패스포트
목에 걸어
정찬을 달게 먹은 주먹이 이윽고
흉상을 부수리라

아! 샐러리맨이여
일탈을 꿈꾸다
4호선 전동차
출발을 알리는 신호음에 흠칫
도피안의 무임승차는

생각보다 공허하다.

빗줄기는 아직
그의 어깨를 흔든다.

흉상 2

쥐똥나무 울타리 안으로
때죽이 돋아나듯
한 사내가
몽고반점 개점 날
광장을 비집고 돋아난다

애드벌룬은
순산을 알리는 깃발인가
청동의 태반을 자르고
두둥실 떠올라
천상천하 유아독존
탄생계誕生偈를 지른다

어미를 버리고
아비를 떨치고
광장에 우뚝
사파는 헤엄쳐 볼 만한
하나 남은
아름다운 바다

그는 하반신을 일으키며
바다로 가리라.

뉴기니 앵무새

오색실 꼬아
실없이 흔들리는 그넷줄
뉴기니 떠날 때
덜미를 쫓아
발가락 사이로 따라오던 전류
아직도 뜨거운지
죄 없는 깃털을 뽑아
어두운 방 한켠에 차린 육아 방
요술 공 하나
저 혼자 뒹군다.

플라이 강에
달이 뜬다
강남 아파트 숲에도
분첩만한 달이 뜬다, 하지만
등을 돌리고 앉은 앵무는
요술 공에게
모국어 잊지 말라
이름을 묻고 또 물어
오래오래
출렁거린다.

봄이 온다

정월
경오庚午 날 장을 담그고
윗목이 다스해 등을 붙인다
동창으로
딱새가 날아와
세설이 낭자하다

햇새를 데려왔을 터
조목조목
대봉 작황은 한 접이 밑돌고
모과나무는 연거푸
소출이 없는 게 흠이라나

까칠한 늙은 개와
슴슴한 내외
외롭다 할 사이 없이
자손들 재롱 지다 가고
볕 좋은 오뉴월이면
자귀 꽃 붉다네

허락도 없이

거간꾼은
계약서를 쓰나 보다
등을 일으키나 마나
옹색한 뒤뜰에
한 해도 거른 적 없는
봄이 온다.

타라의 기도

엊저녁
달빛에 길어 올린
당신의 눈물
어리연이 금당에 떠오릅니다
소욕지족의
맨발이
가벼이 밀어 올린
번뇌 하나

범부의 열망에
당신은 아낌없이
칠보를 뿌리지만
욕심의 촉이 스치기만 해도
거품이 되고 말아

시새움도 가라앉아
곰삭아서
먼지의 바닥을 살고야
푸른 젖가슴 풀어
밥이던 당신

마음 한 자락
뻘밭에 꾹꾹 눌러 심어
백련 한 송이
수굿이 핀다면
당신의 칠보 중에
진주 한 알
지족을 얻은 것입니다.

송화 松花

송화는 진객이다
노랑 외꽃 분 바르고
수천 년 내리 맺은 혈연처럼 온다

문고리 걸어도
외씨버선 사뿐히 문지방을 넘어
나신으로 누워 있네

송기죽으로 연명한 그 봄날에
튼살 근근이 아물리던
배달의 양식이여

아침에 자리를 걷으며
떨어진 네 분신을 비질하다
순금의 알갱이 오랜 슬픔을 푼다

천지의 매파가 얽어 준 연분이라
황금 숭어리마다 바람을 기다리는 너
한때 입안에 혀 같은 너를

땅, 두메 어디든

전천후 포문을 닫을 때까지
길어야 달포는 극진히 품고 살으리.

노을

솔을 기르던 산등성이
젖은 손을 닦으며 허리 펴는 노을이다
해 끄름이 내리기 전에
소금쟁이 마지막 물장구도 귀히 여겨
맘껏 날고 싶다 하던 소소한 꿈
하늘에 적다
유독 하루가 미흡해 볼 부은 사람에게
기쁨을 주어도 기쁨인 줄 몰라
가을 홍시 터트린 듯
처진 죽지에 감흥의 덧칠이다

멀리 도도하던 바다 구비는 물옷을 벗어던지고
마른손을 내민다
처음으로 돌아가자는 희망의 빛이다
미망을 다독이는
노을
또 다른 희망 이름이다.

가을밤
스승의 작품세계를 조명하는 연극
고故 '문향 김대규'를 관람하고 울적해 돌아왔다
늦은 식탁 위에 사위의 선물이 기다리고 있다
아람도 아니고 보늬까지 곱게 벗긴 알밤이 수북,
족히 두어 되는 됨직하다
한 알 입에 넣고 옹차게 넘긴다
슬픔이 누그러든다
참 얄팍한 것이 마음이다.

애잔함과 흐뭇함이 야릇하게 조합된 맛이다
인생무상이 절절했는데
그새 알밤 하나에 이리 흔들려서야
시인이겠는가.
그의 수고를 생각해 밤 죽을 끓여 헛헛함을 달래고
─『나는 가을 공부 중이다』─
스승의 시집 중에 한 권을 뽑아
가을밤을 밝히다.

늘 따습게 독려해 주신 최영희 시인과
여러 동인들이 두루 고맙고
말없이 지켜보아 준 가족들의 사랑에 감사를 보낸다.

2021년 가을, 신장련